CW00841499

Larsen Hupin dans les pas de Charles Kolms

Jérémy Lasseaux

BUT DU JEU

Nous sommes en France, en 1883, et les journaux battent des records de vente chaque fois qu'ils relatent un nouveau cambriolage de celui qui laisse toujours derrière lui, à la place des bijoux dérobés, sa carte de visite signée « Larsen Hupin ».

Vous incarnez Loris Meublanc, un journaliste qui s'est lié d'amitié avec le plus audacieux des voleurs.

Vous commencerez la lecture de ce livre à la section 1, qui présente l'énigme ; mais ensuite, c'est vous qui choisirez quels paragraphes lire. En effet, à côté de chaque lieu visitable ou de chaque personnage à qui l'on peut parler figure un numéro de section. Munissez-vous de quoi les noter afin d'explorer de nouvelles pistes lorsque vous avez épuisé l'une d'elles.

Lorsque vous aurez l'impression d'avoir compris qui est la personne coupable, quel est son mobile et comment elle a agi, vous pourrez vous reporter à la section 20. Là, une série de questions vous sera posée. Lisez ensuite la section 21 où Larsen Hupin donnera sa solution. Enfin, vous vérifierez les réponses à la section 22 afin de savoir si vous avez les qualités requises pour faire un bon détective !

Paris, le 26 mai 1883.

Il y a quelques mois, Larsen Hupin a fondé une agence de détective : l'*Agence Banette et Cie*, qui lui sert de couverture. Elle est ouverte tous les jours de 9h à 10h. D'ordinaire, lorsque Larsen m'y invite, c'est pour me raconter ses derniers exploits, en me précisant ce que je peux publier et ce qui doit rester secret. Mais aujourd'hui, il désire que ce soit moi qui parle :

« Eh bien alors, Loris, je viens d'apprendre par un de mes hommes que vous allez accompagner le célèbre Charles Kolms dans son enquête ? Et vous ne me dîtes rien ?! »

Je me justifie tout en acceptant la tasse de café que me tend Grogneur, son assistant :

« C'est que je viens seulement d'en avoir la confirmation.

— Expliquez-moi donc ce qui a décidé ce détective britannique à traverser la Manche.

— Il vient enquêter sur une tentative de meurtre. »

Grogneur retourne l'affichette sur la porte pour que personne ne vienne interrompre mon récit.

« Vous avez dû lire dans le journal que la police vient de retrouver Mme Lucienne Chassagnes, dis-je.

— Chassagnes, vous dîtes... Cela me rappelle une affaire qui date d'il y a environ un an... Un couple de voleurs avait réussi à s'emparer des deux rubis du vicomte de Lignac. Celui-ci, admettons-le, n'en avait pas besoin pour vivre, mais il n'a jamais décoléré depuis cette mésaventure.

— Effectivement, il s'agissait d'Alexandre et Lucienne Chassagnes.

— Je me souviens... Peu de temps après le vol, Lucienne fausse compagnie à Alexandre. Celui-ci, anéanti, met fin à ses jours. La police finit par trouver le cadavre, et malgré une fouille minutieuse de la maison, ne trouve nulle part les rubis. Il y a fort à parier que l'épouse-traîtresse soit partie avec le butin ! Cette histoire commence à me plaire...

— Depuis qu'il est question de rubis, oui, je m'en doute !

— Monsieur Fargeot, le père de Lucienne Chassagnes, faisait à cette époque des affaires en Angleterre. Il demanda à Charles Kolms de retrouver sa fille pour la convaincre de rendre les bijoux, espérant calmer le vicomte. Mais Kolms refusa, le cas n'étant pas digne d'intérêt, selon lui.

— C'est bien ça. Fargeot s'est donc adressé à l'agence Bourin qui, après de longs mois d'investigation, a retrouvé Lucienne. Hélas pour Fargeot, avant même qu'il puisse tenter de la revoir, elle fut attaquée au couteau dans une partie peu fréquentée du parc des Buttes-Chaumont.

— Il y a un élément qui m'échappe : pourquoi Kolms, cette fois, trouve-t-il le cas intéressant ?

— C'est que cette affaire présente une particularité. Une chose qu'on ne voit pas tous les jours. Un événement qui donne du piquant à...

— Allons, ne jouez pas à ça et allez au fait, Loris.

— Bien. La blessure de Mme Chassagnes ne fut

pas mortelle, elle la plongea dans le coma. Durant plusieurs semaines, un policier fut posté à l'entrée de sa chambre d'hôpital et un seul médecin, avec lequel notre cher inspecteur Bichon a l'habitude de travailler, s'occupait d'elle. Notre voleuse s'est réveillée il y a trois jours... amnésique !

— Elle ne peut donc ni dire ce qu'elle a fait des rubis, ni identifier son agresseur.

— Voilà, c'est ce qui intéresse Kolms : trouver qui en veut à sa vie. Et l'amnésie intéresse son ami, le Dr Whyson.

— A ce que je sache, Lucienne n'a pas été jetée en prison. Savez-vous pourquoi ?

— Un juge a estimé qu'il serait insensé de l'incarcérer tant qu'elle n'aura pas retrouvé la mémoire. Et puis on espère bien que l'agresseur va se manifester à nouveau, pour lui tomber dessus ! »

Je prends congé de Larsen car je ne veux pas rater mon rendez-vous. Mon journal a obtenu la permission de M. Kolms que je le suive dans son enquête afin d'écrire un article sur sa méthode. Au moment où Grogneur m'ouvre la porte, Larsen me lance :

« Loris, j'ai une mission à vous confier !

— Comment ? Mais...

— Tenez, voici un petit carnet dont on peut facilement retirer les feuilles une par une. Vous noterez tout ce qui vous semble important dans les entretiens que mènera Charles Kolms. Un garçon qui travaille pour moi vous suivra partout où vous irez. Sous prétexte d'envoyer des informations à votre journal, vous lui donnerez vos notes. Qui sait ? Je pourrai bien tirer bénéfice de cette affaire. Et si, après avoir passé quelque temps avec Kolms, vous désirez passer me voir (13) pour savoir où j'en suis de mes propres investigations, trouvez un prétexte pour vous absenter. »

Sur le quai de la gare, j'arrive juste à temps pour accueillir le détective anglais et son ami, le Dr Whyson. Une foule d'admirateurs ou simplement de curieux, que l'inspecteur Bichon et ses agents ont toutes les peines du monde à contenir, se presse autour d'eux.

« Dis-donc, toi, crie Bichon à un homme de haute stature qui s'approche un peu trop près, te crois-tu donc dans *L'audacieux escogriffe* ? Recule de trois pas et vite fait ! Et vous, Monsieur Meublanc, faites vite, qu'on sorte d'ici ! »

Je me présente en anglais, avec un accent dont je perçois tout de suite qu'il surprend mes interlocuteurs. Heureusement pour moi, les deux hommes parlent un français impeccable. Le médecin est très aimable, au contraire du détective qui ne s'embarrasse pas de politesses.

« Eh bien, mon cher Whyson, je vous laisse décider, lance Kolms. Pour détricoter un pull, on peut tirer sur plusieurs fils... Irons-nous d'abord voir Mme Chassagnes (6) ou bien son père (18) ? À moins que vous ne désiriez avoir l'avis de l'inspecteur ici présent (11) sur l'affaire qui nous occupe.

2

Afin d'alimenter les articles de mon journal, je demande à Kolms pourquoi il porte un chapeau aussi étrange.

« Il n'est pas étrange, Monsieur Meublanc. C'est un deerstalker, un chapeau traditionnel dans la campagne anglaise. On le porte notamment pour la chasse. C'est Whyson qui tient à ce que je le mette également en ville. C'est une faute de goût mais mon ami y voit une métaphore : les criminels sont selon lui le gibier que je chasse. S'il n'y a que cela pour le contenter, je le fais de bonne grâce.

— Oui, confirme le médecin, et ce détail caractérise fortement Charles ! Vous savez peut-être que je relate régulièrement ses aventures dans des romans où je n'invente quasiment rien. Mes lecteurs aiment beaucoup ce chapeau choisi par l'illustrateur. Puisque Charles est exceptionnel par son intelligence, il doit également l'être par d'autres détails. »

Nous arrivons chez M. Bertrand Duplat. Bichon lui montre sa plaque de policier et lui demande de redonner son témoignage.

« Le 15 mars ? Pour sûr que je m'en souviens, affirme notre homme avec un grand geste. La dame a eu de la chance que je passe par là car ça n'est pas mon chemin habituel. Ma fiancée venait de me quitter alors j'avais du vague à l'âme, je cherchais un endroit tranquille où méditer, je me disais « La vie est mal faite ». Ironie du sort, en regardant le sol, je trouve un trèfle à quatre feuilles, je me dis « Tu parles d'une chance ». Ensuite je croise un homme qui marche sans regarder devant lui parce qu'il est plongé dans un livre, je me dis « Mais c'est qu'il va me rentrer dedans celui-là », il a fallu que ce soit moi qui dévie de mon chemin. Après, je croise une dame qui porte deux sacs à main, un noir et un petit rouge, je me dis « Qu'est-ce qu'elle va faire avec deux sacs ? Elle n'en n'a pas assez d'un seul ? » J'avance encore, trente mètres, voilà que j'aperçois un corps de femme gisant sur le sol, là je ne me dis rien du tout, je me précipite ! Je vois immédiatement le sang mais je me rends compte qu'elle vit encore. Alors je fonce jusqu'à la taverne la plus proche et je préviens l'hôpital par téléphone. Ensuite, la police. »

L'inspecteur Bichon parcourt le dossier qu'il transporte avec lui et fronce les sourcils :

« Vous avez parlé de cet homme et de cette femme la première fois que vous avez témoigné ? Je n'en vois pas trace ici.

— Pour sûr que oui. Et du trèfle aussi. Mais l'agent Martin... j'ai retenu son nom parce que ma fiancée s'appelait Martine... bref, l'agent Martin qui a pris ma déposition n'écrivait pas la moitié de ce que je disais. Il a dit qu'ils n'avaient pas le profil de suspects.

— L'agent Martin, vous dites ? Il va entendre parler du pays, celui-là ! »

3

Le cliquetis régulier de la *Remington* de Juliette Cadoux s'arrête soudainement. Ses doigts quittent les touches en porcelaine de sa machine à écrire dès qu'elle aperçoit Charles Kolms.

« Oh ! Monsieur Kooooooooolmmmsssss ! »

Kolms n'avait aucune envie de venir signer un autographe à la secrétaire, mais le Dr Whyson a insisté, arguant qu'il avait le devoir de donner une image positive de l'Angleterre, sans quoi le pays resterait un ennemi ad vitam aeternam dans l'inconscient collectif français. Kolms fait un signe de la main pour que Juliette lui présente un papier ou un livre afin d'y apposer sa signature tant désirée.

« Oh ! Ce que je vous admire, si vous saviez. Vous avez une vie tellement passionnante ! J'en suis jalouse ! Il y a deux ans, je sortais avec un gars qui paraissait pas ordinaire, Agnan qu'il s'appelait. Mais rien à voir avec vous. Ah, sur l'oreiller, tous les soirs, il aimait bien raconter ce qu'il avait fait dans la journée, mais finalement c'était d'un ennui... Alors que vous, quand je lis les récits du Dr Whyson, ah ! Mon Dieu... »

Kolms signe et repart aussitôt, sans un mot.

« Vous auriez pu sourire ! » lui reproche le Dr Whyson.

4

Le vicomte de Lignac n'est plus l'homme puissant d'autrefois. Il a certes conservé son manoir mais il n'a plus les moyens d'y employer des domestiques. Si les rumeurs à son sujet sont vraies, il a trempé dans beaucoup d'affaires illégales et a ensuite dû dépenser une fortune pour corrompre des juges afin d'éviter la prison.

Il nous reçoit dans sa bibliothèque. Certaines étagères sont vides. Remuer le passé fait remonter sa colère et c'est en vociférant qu'il nous raconte le vol de ses rubis, les efforts vains de la police pour les retrouver et la joie qu'il a éprouvée à la mort d'Alexandre Chassagnes.

Cramoisi, il s'assied soudain dans un fauteuil et prend quatre cachets dans une petite boîte, qu'il avale aussitôt avec un verre d'eau. Son épouse sort alors de la cuisine, un long couteau à la main.

« Comme vous le voyez, messieurs, mon mari est très éprouvé par cet événement qui a bouleversé nos vies. Depuis ce vol, toutes sortes d'accusations mensongères ont été proférées à son encontre et ont fragilisé sa santé. Je vous demanderai, messieurs, de bien vouloir en rester là et de laisser mon époux se reposer. »

Le fait qu'elle ait gardé à la main son couteau de cuisine d'une vingtaine de centimètres donne à ses paroles un air de menace implicite et je sens chez Bichon et Whyson la même gêne que j'éprouve moi-même.

« Nous vous laissons tranquilles, répond simplement Kolms. Et je vous souhaite une bonne tarte à l'ananas. »

La vicomtesse est sans doute aussi surprise que moi de la répartie du détective anglais, mais elle n'en laisse rien paraître, ce qui est le signe d'une forte personnalité.

Nous nous rendons à l'endroit exact où Lucienne Chassagnes s'est fait poignarder. Kolms déclare d'emblée qu'il n'espère pas trouver grand chose, étant donné que l'agression remonte à plusieurs semaines.

Grand lecteur des récits du Dr Whyson qui publie régulièrement les enquêtes menées par Kolms, je ne puis m'empêcher de ressentir une forte émotion lorsque Charles Kolms sort soudain une loupe et se met à examiner l'herbe. J'ai bêtement l'impression d'assister à un grand moment.

« Dr Whyson, à votre avis, pourquoi Mme Chassagnes se rendait-elle dans cette partie du parc ?

— Mmmm... Eh bien, c'est un endroit peu entretenu et donc moins fréquenté...

— Oui. Donc ?

— Donc sûrement pour se reposer, à l'écart de la foule !

— Observer, ce n'est pas seulement voir ce qui est présent, c'est aussi remarquer ce qui est absent. Voyez-vous un banc, mon ami ?

— Non... Pas pour se reposer alors...

— Non. Cette partie du jardin public, vous l'avez dit, est plus sauvage. Par conséquent, c'est là que les oiseaux viennent davantage fabriquer leurs nids. Dans l'herbe que je viens d'inspecter, on distingue nettement un endroit un peu piétiné où l'on trouve à la fois des traces de talon de chaussure féminine et des traces de pattes et de bec. Lucienne Chassagnes venait, c'est élémentaire, nourrir les oiseaux.

— D'accord mais... reprend le Dr Whyson qui ne veut pas qu'on s'attarde sur son échec, et pour ce qui est de son agresseur ? Qu'est-ce que le lieu vous apprend ?

— Qu'il s'agit d'un homme de cinquante ans, portant la moustache, vêtu d'une gabardine verte, pesant plus de soixante-dix kilos et qui est passionné par les chevaux, en particulier les boulonnais.

— Pardon ?????!!!!!!

— Ah, ah ! Whyson, je me paie votre tête, voyons. Nous n'apprendrons rien de plus ici. Poursuivons notre enquête ailleurs. »

Je découvre que Charles Kolms peut faire de l'humour, ce que je n'ai jamais lu dans les récits du Dr Whyson. Mais je peux facilement comprendre pourquoi.

Devant la demeure de Lucienne Chassagnes, un agent déguisé en civil fait le guet. Bichon le réprimande parce qu'il trouve qu'on le remarque trop, que même habillé comme ça, il se comporte trop comme un policier.

Nous sonnons. C'est une infirmière qui nous ouvre et nous introduit dans le salon.

Lucienne Chassagnes est une femme magnifique. Vêtue d'une belle robe rouge en harmonie avec son collier de velours d'un rouge plus foncé, elle nous accueille la mine défaite :

« On m'a dit tout ce que j'ai fait de mal et je le regrette sincèrement, déclare simplement la jeune femme. Voler. Abandonner mon époux. Me cacher de la police... j'ai du mal à concevoir que j'ai pu commettre de telles choses. Cependant, messieurs, je suis prête à assumer la responsabilité de tous mes actes passés. »

Dans le fond de la pièce, l'hypnotiste (10) et l'infirmière (17) assistent à l'entretien en silence. Elles ne semblent pas s'apprécier l'une l'autre. L'une s'amuse avec son pendule, l'autre caresse ses longs cheveux ; toutes deux affichent un air de mépris.

« Mme Chassagnes, dit posément Kolms, votre état fait qu'il est inutile de vous interroger sur votre passé, aussi ne vous poserai-je qu'une seule question, qui concerne le moment présent : possédez-vous, madame, un sac à main ? »

Elle réfléchit, s'aperçoit qu'elle ne sait pas répondre, se lève, regarde en divers endroits où l'objet pourrait en théorie se trouver, et finit par conclure :

« Apparemment, non. »

Elle a dit cela avec un sourire d'ange et semble très éloignée de la Lucienne Chassagnes que j'avais imaginée avant de la rencontrer.

Monsieur Tartion est un homme malaimable. Il fait la moue en fixant le chapeau de Kolms.

« Anglais ? lui lance-t-il sans même saluer.

— Détective », répond Kolms avec un sourire ironique.

Lorsque Denise Pelletier nous a montré le flacon de médicaments, l'inspecteur Bichon a trouvé bizarre qu'elle n'utilise qu'un seul produit pour une maladie aussi mystérieuse que l'amnésie. Suivant son flair de policier, il montre son insigne au pharmacien et lui demande si l'infirmière se procure chez lui d'autres médicaments que la glycine.

« Je connais bien le préfet, vous savez. Je dîne avec lui une fois par mois, dit Tartion.

— Grand bien vous fasse. Et cette infirmière, vous la connaissez ? Quels médicaments achète-t-elle ?

— Cette sorcière, elle fait peur à ma clientèle avec ses oreilles noirâtres.

— Répondez à ma question, M. Tartion, insiste Bichon.

— Elle voulait aussi du ginkgo mais je n'en avais plus et je ne serai pas livré avant une semaine à cause de ces fichus grêvistes qui mettent le pays par terre, c'est moi qui vous le dis. »

Kolms interroge Whyson du regard, et ce dernier, d'un mouvement de tête, lui signifie que le ginkgo est effectivement un médicament qui peut favoriser le retour de la mémoire.

« Rien d'autre à dire sur elle ? peste Bichon.

— Non. »

L'inspecteur, qui croyait tenir une piste, sort le premier de la pharmacie, un peu énervé.

8

Au-dessous de l'indication « mesurer aussi l'écartement des yeux », Alphonse Bertillon ajoute à la craie, sur son tableau noir : « et l'arête du nez ». Il s'interrompt en voyant Kolms entrer dans son bureau.

« Monsieur Kolms ! C'est un grand honneur pour moi de faire votre connaissance.

— Le plaisir est partagé, Monsieur Bertillon, répond Kolms en s'approchant du tableau. Intéressant... vous perfectionnez votre classification des criminels récidivistes, à ce que je vois. Sachez que je vous tiens en grande estime et que je me tiens régulièrement au courant de vos travaux.

— L'observation et la classification seront la clé de nombreuses affaires criminelles, j'en suis persuadé.

— Tout à fait, cher confrère. Il y a un travail immense à accomplir. Il faudrait classer non seulement les malfaiteurs, mais aussi les armes, les poisons, les parfums, les types de papier à lettres, etc. En ce moment, je m'entraîne à reconnaître les divers types de tabac. C'est ainsi que j'ai pu contribuer à l'arrestation d'un assassin qui fumait des cigares d'un type peu répandu.

— Je me cantonne, quant à moi, au domaine visuel, mais vous avez raison, l'olfactif mérite aussi notre attention. J'ai appris que vous enquêtiez sur l'agression de Lucienne Chassagnes.

— Exact. Avez-vous quelque élément à nous fournir à propos de son agression ? demande Kolms en feuilletant un album de photos de criminels.

— Oui : son agresseur n'était pas un professionnel. Deux preuves : premièrement, le couteau utilisé, d'après la taille de la blessure, semble être un couteau de cuisine. Secondement, elle n'est pas morte.

— Elémentaire, et tout à fait juste, sourit Kolms.

— En outre, cette agression est tout à fait inhabituelle, ajoute le criminologue sur un ton enjoué. D'ordinaire, les voleurs tentent de saisir le sac de leur cible et, seulement si la personne résiste, recourent à la violence. Dans le cas qui nous occupe, on sait que l'agresseur a poignardé sa victime avant de saisir son sac à main. Sinon, on aurait relevé des marques de lutte sur Mme Chassagnes ; or il n'y avait rien d'autre que la blessure causée par l'arme blanche. Ou alors.... elle n'avait pas de sac, auquel cas il n'y aurait pas eu tentative de vol mais uniquement de meurtre. »

Quand nous ressortons du bureau, Kolms et Bertillon se saluent d'un regard entendu comme s'ils étaient les seuls à avoir compris le fonctionnement du monde.

9

Si Edmond Bourin nous reçoit de façon un peu rude, c'est qu'il voit en Charles Kolms avant tout un concurrent. Certes, M. Fargeot continue à faire appel aux services de son agence, mais Bourin craint que l'anglais ne trouve le premier le coupable.

« Quand M. Fargeot nous a engagés pour retrouver sa fille, Agnan, Hélène et moi-même avons mobilisé tous nos informateurs. Agnan (15) a suivi la piste des rubis. Ce qui est sûr, c'est que Lucienne Chassagnes n'a pas cherché à les revendre, ou alors en vain. Si elle avait pu les refourguer, on l'aurait su, je puis vous en donner ma parole.

— J'en suis certain, le rassure Kolms qui a compris que Bourin a besoin qu'on reconnaisse sa compétence.

— Hélène (12), quant à elle, a suivi la piste des faux papiers. Quand on veut disparaître, c'est un passage obligé. On connaît les apaches qui s'adonnent à ce trafic, mais c'est un milieu où il est extrêmement compliqué d'obtenir des tuyaux. Normal, tout leur business repose sur la plus grande discrétion.

— Je comprends.

— Quant à moi, puisque M. Fargeot pensait que sa fille s'installerait à Paris, j'ai surveillé les agences immobilières. Mais aucune femme seule correspondant à sa description ne s'est présentée. Soit elle est passée par les petites annonces de particuliers, soit elle s'est sacrément bien déguisée.

— Bien essayé, M. Bourin. Si ces trois pistes n'ont

rien donné, comment avez-vous finalement réussi à la retrouver ? »

Edmond Bourin ne répond pas tout de suite. Il pose ses deux mains à plat sur son bureau et regarde Kolms droit dans les yeux :

« Ce que je vais vous dire ne doit pas sortir d'ici. Dans le cas contraire, vous vous feriez un ennemi et je vous recommande de ne pas sous-estimer mon agence.

— Vous pouvez parler sans crainte, assure Kolms. N'est-ce pas, M. Meublanc ? me demande-t-il, ce à quoi je réponds par un signe de tête affirmatif.

— C'est le hasard, avoue Bourin. Un jour, Hélène se promène dans le jardin public des Buttes-Chaumont et assiste à la scène suivante : un homme avance sans vraiment regarder où il met les pieds tant il est absorbé par la lecture de son bouquin ; une femme blonde, non loin, regarde dans le ciel des oiseaux qui s'envolent. Arrive ce qui doit arriver : le type se cogne dans la dame, qui tombe. Il se relève, ne s'excuse même pas et reprend sa marche en essayant de retrouver sa page. Hélène aide la femme à se relever et, à ce moment, remarque qu'à cause de la chute, ses cheveux blonds ont glissé et laissent à présent entrevoir des cheveux noirs. Il s'agit d'une perruque !

— Vous ne saviez pas encore qu'il s'agissait de Lucienne Chassagnes, mais vous l'avez suivie jusqu'à en avoir la certitude.

— C'est bien ça. Hélène a déterminé que tous les matins, Lucienne se rendait dans le parc. Le 14 mars au matin, Agnan et moi avons profité de son absence pour rentrer dans sa baraque par une fenêtre mal fermée. Quelques objets décrits par M. Fargeot, qu'il avait offerts à sa fille, nous ont confirmé qu'il s'agissait bien d'elle. Evidemment, on a aussi cherché les rubis. Agnan est un pro pour détecter les cachettes secrètes : les planches de parquet qu'on soulève, les faux tiroirs, etc. Eh ben, rien.

— Ensuite ?

— Après la chance qu'on venait d'avoir, on a eu la pire déveine ! Il faut bien faire tourner la boutique et la seule affaire Chassagnes n'y suffisait pas. En mars, mis à part cette fameuse visite, Agnan et moi passions tout notre temps sur deux autres cas, et il ne restait plus qu'Hélène à poursuivre la surveillance. Le 14 mars après-midi, paf ! un nouveau client. Je dis à Hélène de s'en occuper, et donc d'arrêter de suivre Lucienne. De toute façon, c'était devenu inutile tant sa vie était routinière. Je préviens M. Fargeot qu'on a retrouvé sa progéniture et je lui propose d'aller chez elle le lendemain, le soir, à un moment où mes deux collaborateurs et moi-même serions tous disponibles.

— Mais le lendemain, il y eut l'agression, se navre le Dr Whyson.

— Mais le lendemain, il y eut l'agression, confirme Bourin, l'air encore plus navré. Notre seule piste, à présent, c'est Mme Chassagnes elle-même : pourvu qu'elle retrouve la mémoire... J'ai bon espoir. Agnan a recommandé une infirmière selon lui très compétente, et Hélène une hypnotiste, l'une des meilleures dans son domaine. La police a l'habitude de travailler avec nous, elle a suivi nos recommandations. »

Nous demandons à Albertine Castel, l'hypnotiste, si nous pouvons nous entretenir avec elle dans une pièce, à l'écart. Elle nous mène à une chambre.

« Avez-vous déjà obtenu quelques résultats ? demande le Dr Whyson.

— Ecoutez, je sais que l'hypnose est perçue par beaucoup de gens comme du charlatanisme. Mais je fais partie de l'école de Nancy, j'ai travaillé aux côtés du réputé Dr Liébeault. L'hypnose permet...

— Inutile d'être sur la défensive, mademoiselle. Je suis moi-même médecin et bien que n'ayant jamais pratiqué l'hypnose, j'ai lu maints articles scientifiques qui m'ont convaincu de son intérêt. Ma question ne disait que ce qu'elle disait.

— Dans ce cas, reprend-elle, rassurée, vous comprendrez que je ne sois pas encore parvenue à raviver la mémoire de la patiente. Il n'y a eu pour le moment que deux séances d'hypnose, qui ont surtout servi à la relaxer. La présence de cette infirmière, Denise Pelletier, est, pour vous parler franchement, une gêne. Elle estime sans cesse que la patiente est trop fatiguée pour « subir » une autre séance. Et puis son scepticisme quant à ma méthode est si criant que Lucienne Chassagnes le perçoit et ne peut se laisser aller totalement comme je le souhaiterais. »

Kolms se touche le front en fermant les yeux, et les rouvre soudain :

« J'ai noté qu'en entrant, vous avez allumé une bougie parfumée. Est-ce que vous dormez dans cette chambre, mademoiselle ?

— Oui. Mme Chassagnes a consenti que je reste ici tant qu'elle n'aura pas retrouvé la mémoire. »

En retournant au salon, Kolms dit tout bas à Whyson :

« Vous avez remarqué sa gestuelle ? Cette femme nous cache quelque chose. »

11

Quoiqu'il se fasse discret en nous accompagnant, Bichon compte bien prendre note intérieurement de tout ce que dira le célèbre détective anglais. Ce dernier l'a compris et apostrophe soudain l'inspecteur pour s'adonner à un petit jeu qui, paraît-il, est habituel chez lui :

« Eh bien, inspecteur, est-ce que Mlle Ivana Stepanovic se porte bien ? A-t-elle apprécié vos fleurs ? »

Bichon manque de s'étouffer :

« Co... Comment savez-vous ?

— Comment je sais que vous étiez avec elle hier ? Elémentaire, vraiment. »

Le Dr Whyson sourit de notre stupéfaction, même s'il serait bien en peine lui-même d'expliquer comment son ami peut se montrer aussi affirmatif.

« Inspecteur, reprend Kolms, vous avez tout à l'heure, à la gare, fait allusion à une pièce de théâtre : *L'audacieux escogriffe*. Or, d'après le journal que j'ai lu ce matin, la première de cette pièce a eu lieu hier soir. Cela m'apprend que vous vous y trouviez.

— C'est ma foi vrai, oui.

— Le journal ne tarissait pas d'éloges à propos de l'actrice principale, Mlle Stepanovic, tant pour son talent que pour sa beauté. Je remarque que vous êtes en smoking, mais comme c'est un habit à la mode et que j'ignore comment vous êtes habillé d'habitude, cet élément à lui seul ne me permet pas de conclure que vous avez passé la nuit avec elle et n'avez pas eu le temps de vous changer avant de venir à la gare. En revanche, ce léger parfum féminin qui émane encore de vous me permet de l'affirmer.

— C'est... impressionnant, murmure l'inspecteur, car vous avez vu juste. Et en même temps, tout ça semble tellement fragile ; je veux dire, d'accord je suis allé voir cette pièce mais j'aurais pu être avec une autre femme qu'Ivana...

— Non. Parce que ce parfum, inspecteur, se nomme *Bestidan* et on ne le trouve qu'au royaume de Serbie. Les nom et prénom de l'actrice laissent facilement comprendre qu'elle en est originaire.

— Oh ! mais... et pour les fleurs ?

— N'est-il pas traditionnel d'apporter des fleurs à une actrice qu'on souhaite approcher ou à une femme qu'on aime ? En outre, une carte dépasse de votre poche, inspecteur. J'ai supposé qu'il s'agissait d'une de ces cartes que les fleuristes fournissent avec le bouquet acheté afin que l'on y écrive des mots aimables. Mots que vous n'avez pas eu à écrire car vous aviez plutôt l'intention de les lui dire... »

Je me dépêche de prendre quelques notes sur la scène qui vient d'avoir lieu, non pour mon ami Larsen mais pour mon journal.

« Dites-moi, inspecteur, reprend Charles Kolms, est-ce que l'amnésie de Lucienne Chassagnes est bien avérée ? Ne joue-t-elle pas la comédie afin d'éviter les ennuis judiciaires ?

— D'après les médecins de diverses spécialités qui l'ont examinée, elle ne fait pas semblant.

— Et que pouvez-vous me dire à propos de son

agression au couteau ?

— Hélas, pas grand chose. L'attaque a eu lieu sans aucun témoin, dans la partie la moins fréquentée d'un jardin public, le matin du 15 mars. La victime a été retrouvée grièvement blessée par un passant, M. Bertrand Duplat (2), qui a tout de suite couru vers la taverne la plus proche pour contacter la police et l'hôpital par téléphone. Nous n'avons pas compris tout de suite à qui nous avions affaire car la victime n'avait pas de papiers sur elle. Ce qui nous étonna cependant, c'est qu'elle portait une perruque. Et ce n'est que lorsque son père, M. Eugène Fargeot, s'est pointé en soirée, qu'on a su que c'était Lucienne Chassagnes, la voleuse de rubis ! Je ne peux vous en dire plus, M. Kolms, mais peut-être qu'au commissariat (16) certains collègues pourront vous en dire davantage.

Hélène Lavigne nous reçoit gentiment mais nous prévient qu'elle a peu de temps à nous consacrer car, dans un quart d'heure, elle doit filer une femme soupçonnée d'infidélité par son mari.

« Vous avez essayé de retrouver Lucienne Chassagnes en suivant la piste des faux-papiers... dit le Dr Whyson.

— Oui. Mais mon seul informateur dans ce milieu a une situation fragile en ce moment et ne pouvait rien obtenir sans susciter la méfiance de ses acolytes.

— Son nom ? demande Whyson.

— Je ne vous le donnerai pas.

— Ce qui est compréhensible, approuve Kolms, et je vous félicite pour votre professionnalisme. Cette personne risque sa vie à chaque fois qu'elle vous livre un renseignement. Et puisque cette piste n'a rien donné, ce nom nous est inutile.

— Vous avez recommandé une hypnotiste pour Lucienne Chassagnes... poursuit le Dr Whyson.

— Oui. Albertine. C'est une amie. Nous avons fait une partie de nos études ensemble puis elle s'est orientée vers la médecine. C'est la première fois qu'elle emploiera l'hypnose avec une amnésique, mais ce n'est pas la première fois qu'elle travaille pour la police. Il y a deux ans, sa méthode a permis de résoudre une affaire. Il s'agissait d'un homme dont on pensait qu'il avait assisté à un meurtre mais qui avait tellement peur qu'il n'osait pas témoigner. Trois séances d'hypnose ont suffi pour le débarrasser de sa peur et il s'est mis à décrire avec précision le criminel. Sur le coup, cela semblait un peu… magique ! Mais des éléments matériels sont ensuite venus confirmer que ce témoignage était parfaitement exact ! »

13

Je m'éclipse un moment sur un prétexte que j'improvise et retourne à l'*Agence Banette et cie.*

Pendant que Grogneur range des faux nez par ordre croissant, Jim Banette alias Larsen Hupin est en train de parcourir un livre intitulé *Historique de la popularité des prénoms.*

« Saviez-vous, mon cher Loris, qu'aujourd'hui les deux prénoms les plus répandus sont Marie pour les femmes et Jean pour les hommes ? A l'inverse, très peu de gens se nomment Damarisse ou Agnan.

— C'est passionnant mais que pensez-vous de la façon dont Charles Kolms mène son enquête ?

— Pour tout dire, je ne voudrais pas l'avoir pour adversaire car je suis certain qu'il me compliquerait la tâche. C'est un détective de tout premier ordre, qu'il ne faut pas sous-estimer.

— Je le pense aussi, et d'ailleurs je me demande ce qu'il a pu deviner de moi dès le premier coup d'oeil. J'ai l'impression que tout me trahit ! »

Mon ami reprend son livre et, comme si je n'avais rien dit, me lance :

« Saviez-vous que le prénom Larsen, très rare en France, se rencontre davantage en Norvège ? »

« Je... j'arrive ! »

Un bruit d'armoire qui se ferme. Puis la porte du chef de la police qui se déverrouille enfin.

« Excusez-moi pour l'attente. Je rangeais des dossiers urgents. »

Le chef est prolixe et tient à dire son admiration à Charles Kolms et à l'assurer du soutien plein et entier de toute la police française. Il s'inquiète de la montée de la violence et prend Bichon à témoin de son souci de lutter contre le crime. Le détective britannique comprend très rapidement qu'il perd son temps et prend congé de façon un peu sèche.

Du couloir, on entend que la porte se verrouille à nouveau.

« Cet homme est certainement meilleur golfeur que policier, ironise Kolms.

— Qu'est-ce qui vous fait dire ça ? demande Whyson.

— D'abord, son mensonge : on ne range pas des dossiers urgents. Au contraire. S'ils sont urgents, il faut les écrire ou les consulter, les traiter, pas les ranger. Ensuite, avez-vous remarqué la position de ses mains, durant cette pénible conversation ?

— Oui. J'ai trouvé ça inhabituel : il plaçait le petit doigt de sa main droite entre l'index et le majeur de sa main gauche.

— Bien, Whyson ! Vous faites de gros progrès en observation. Sachez que ce geste, tellement habituel chez cet homme qu'il le fait inconsciemment, permet de tenir fermement un club de golf. Je parierais mon chapeau que le chef de la police vient de ressortir son matériel de golf de l'armoire où il l'avait précipitamment rangé à notre arrivée. Je peux même vous dire, d'après le rectangle à la teinte légèrement différente que j'ai pu discerner sur le sol, qu'il pose son tapis de jeu entre la lithographie d'Aline Alaux et celle d'Alexandre Antigna.

— Quel sens de la déduction ! s'exclame Bichon. Même Jim Banette serait épaté, j'en suis sûr.

— Qui est ce ? demande Whyson.

— Bah. Personne. »

Agnan Lafaille est un peu surpris de notre visite à son appartement et c'est avec une certaine maladresse qu'il ramasse rapidement des sous-vêtements féminins qui traînent ici et là dans son salon et les jette derrière son canapé. Il nous assure qu'il aimerait nous consacrer plus de temps, mais il doit effectuer la filature, dans dix minutes, d'un homme soupçonné d'adultère par son épouse.

« Vous avez essayé de retrouver Lucienne Chasagnes en suivant la piste des rubis... dit le Dr Whyson.

— Oui. Elle aurait pu chercher à les revendre par exemple à la bijouterie Fasson. Ça n'est pas compliqué pour moi d'obtenir des informations : René Lacogne parle volontiers pour quelques billets, Jules Poulard pour quelques verres, et Louis Carnelle me dit tout ce qu'il sait de peur que je révèle les renseignements compromettants que j'ai sur lui.

— Jules... Vous pouvez répéter le nom, s'il vous plaît ? demande Whyson en écrivant rapidement dans son carnet.

— Allons, mon ami, laissez cela, lui dit Kolms. Cette piste n'a rien donné, nous n'irons donc pas voir ces gens. »

Le Dr Whyson, un peu froissé, range son carnet dans sa poche puis s'adresse de nouveau à Lafaille :

« Vous avez recommandé une infirmière en particulier pour s'occuper de Lucienne Chassagnes ; est-ce qu'elle est spécialiste de l'amnésie ? »

Le regard d'Agnan se tourne involontairement vers un stéthoscope qui côtoie, sur la table, une paire de menottes. Kolms a un sourire en coin.

« En fait... Bon... Inutile de le cacher. Denise et moi, on est ensemble. Enfin, elle ne vit pas avec moi mais ça lui arrive souvent de rester... En fait... elle en sait autant sur l'amnésie que n'importe quelle infirmière, ni plus ni moins, mais je me suis dit que si elle parvenait à rendre sa mémoire à Lucienne Chassagnes, ce serait bon pour sa carrière. Et je suis sûr qu'elle va y arriver, c'est quelqu'un qui est très à l'écoute des autres.

— Vous avez oublié la culotte accrochée au lustre », se moque Kolms en partant.

L'inspecteur Bichon nous quitte un instant pour discuter avec un de ses collègues à propos d'une affaire de moindre importance.

« Alors, nous explique un agent à l'accueil, si vous désirez voir notre section scientifique (8), c'est le premier couloir à droite. Si vous désirez voir le chef de la police, à cette heure il est dans son bureau (14). Pour voir le médecin légiste, il faut prendre le deuxième couloir à gauche (19)...

— Mais Lucienne Chassagnes n'est pas morte, remarque Whyson.

— J'en sais rien moi. Je renseigne, c'est tout. Ah au fait, il y a Juliette Cadoux au bureau là-bas (3) qui aimerait bien un autographe de vous, Mister Kolms. Ce serait vraiment cool de votre part. Enfin quand je dis cool je ne veux pas dire froid, hein. »

Kolms ferme les yeux un instant et pose un doigt sur son front. Je me demande s'il fait cela pour réfléchir ou pour ne pas s'énerver. Lorsqu'il les rouvre :

« Dîtes-moi, jeune homme, est-ce que vous recevez souvent des signalements d'agressions qui se produiraient dans le parc (5) des Buttes-Chaumont ?

— A part celle de Mme Chassagnes, la dernière remonte à au moins trois ans : deux ivrognes qui se sont battus pour une bouteille de vin.

— Voilà. Ça, c'est un renseignement. »

Nous demandons à Denise Pelletier, l'infirmière, si nous pouvons nous entretenir avec elle dans une pièce, à l'écart. Elle nous mène à la cuisine.

« Avez-vous déjà obtenu quelques résultats ? demande le Dr Whyson.

— Il est trop tôt pour des résultats. Je fais de la médecine, pas des miracles, répond-elle en vérifiant d'un geste que ses longs cheveux cachent ses oreilles.

— Ne vous fâchez pas, je ne songeais nullement à vous adresser un quelconque reproche. Je suis moi-même médecin et j'aimerais beaucoup entendre votre façon de procéder.

— D'abord, il y a ceci, répond-elle en tendant un flacon qui était posé près d'un verre d'eau. Cela provient de la pharmacie *Tartion* (7), à deux rues d'ici.

— Mmmm... *Glycine*... lit le Dr Whyson. Oui, cela ne peut que lui faire du bien.

— Ensuite, il y a la patience : il faut savoir être à l'écoute de la malade, ne pas la brusquer si elle est fatiguée. Croyez-moi, il faut soi-même avoir été très malade pour savoir comment traiter un malade. Et enfin, il y a le bon sens : je présente de temps à autres un objet familier à la patiente dans l'espoir que cela réveillera un souvenir enfoui. Hier, lorsque je lui ai demandé de se concentrer sur un stylo qui était dans sa chambre, les larmes lui sont montées aux yeux. M. Fargeot m'a informée que ce stylo, c'est lui qui le lui a offert. Bien sûr, on peut donc considérer que cet essai est un échec, puisqu'elle ne s'est pas souvenu de son père. Néanmoins, je préfère voir dans son émotion soudaine un signe d'espoir : les souvenirs sont là, prêts à remonter à la surface, mais ils ne parviennent pas encore à briser la banquise. Si seulement je n'avais pas dans les jambes cette magnétiseuse qui épie tout ce que je fais. Sa présence stresse la patiente, si seulement on pouvait l'éloigner... »

Elle dit cela comme si elle nous suggérait d'intervenir.

Quelqu'un sonne à la porte. L'hypnotiste se dirige vers l'entrée mais l'infirmière, plus proche, ouvre avant elle. C'est un coursier qui apporte un paquet.

« C'est pour moi, tranche Denise Pelletier, nez à nez avec sa rivale.

— Qu'est-ce donc ? demande l'inspecteur Bichon.

— Une robe.

— Rouge ? croit deviner le Dr Whyson.

— Noire », lui répond l'infirmière, l'air satisfait d'avoir damé le pion au médecin.

18

Eugène Fargeot éprouve un véritable soulagement dès l'arrivée de Charles Kolms. Mais il ne se perd pas en formules de remerciement. Fargeot est méthodique et, conscient des capacités de Kolms à exploiter chaque détail qui paraîtrait à tout autre insignifiant, il relate les événements dans l'ordre chronologique en commençant par le vol des rubis, il y a un an.

« Lucienne est très influençable, et je n'ai aucun doute sur le fait que c'est son mari qui l'entraînait dans des actions délictueuses. Le vol des rubis a été l'action de trop, celle qui a précipité leur chute à tous les deux. Alexandre a dû se prendre pour Larsen Hupin, sauf qu'il n'en avait pas l'envergure. Des témoins oculaires les ont identifiés, elle et lui, et tout le monde s'est mis à leur recherche. Le vicomte de Lignac a offert une forte récompense à qui les arrêterait. Ensuite... Lucienne est partie et on a dit... on a dit que c'était une garce. Mais je pense qu'elle a surtout tenté de se défaire de l'influence de cet homme qui venait de la précipiter dans une vie de fuite continuelle !

— Elle a emporté les rubis, remarque Kolms.

— Lucienne est comme ça. Elle agit dans la précipitation, sans mesurer les conséquences. D'ailleurs, je suis persuadé qu'elle n'imaginait pas qu'Alexandre irait jusqu'à mettre fin à ses jours.

— Est-on certain qu'il s'agit d'un suicide ? demande Whyson à Bichon. Si on me vole quelque chose, je pars à sa recherche, je ne mets pas fin à mes jours.

— C'est un suicide, il n'y a pas de doute, dit posément Bichon.

— Alexandre était un homme fragile psychologiquement, reprend Fargeot. Orphelin, il avait toujours besoin de sa sœur ou de son épouse pour l'empêcher de sombrer. Augustine étant partie suivre des études en Belgique, l'équilibre d'Alexandre reposait entièrement sur Lucienne. Je crois que ma fille n'en avait pas vraiment conscience ou ne voulait pas le voir mais son mari était fou amoureux d'elle, et même s'il n'a pas laissé de mot pour expliquer son geste, je suis convaincu que la raison en est qu'il n'a pas supporté qu'elle le quitte.

— Ensuite ? demande Kolms.

— Ensuite, j'ai voulu persuader ma fille de rendre les rubis au vicomte de Lignac (4). Comme il y a une rumeur selon laquelle il les aurait lui-même acquis d'une façon malhonnête, je pensais que la restitution de son bien mettrait fin à toute poursuite. Vous avez refusé l'affaire, je me suis donc adressé à l'agence Bourin (9). J'ai déménagé pour m'installer à Paris parce que je savais que Lucienne affectionnait particulièrement cette ville, et que c'était sûrement là qu'elle viendrait se cacher. Le 14 mars, M. Bourin m'avertit qu'il a retrouvé Lucienne, qui vivote en faisant de la couture. Il me propose que nous nous rendions chez elle le lendemain, en soirée. Mais le jour venu, il me contacte pour m'apprendre que, le matin, Lucienne a été victime d'une agression et qu'elle est dans le coma, à l'hôpital.

— Et à son réveil, elle ne vous a pas reconnu ? » interroge le Dr Whyson.

Eugène Fargeot baisse la tête. Son silence est élo-
quent.

Le Dr Whyson désire rencontrer le médecin légiste afin de comparer leurs méthodes dans la détermination de l'heure à laquelle une personne est morte. J'ai l'impression d'accompagner un touriste, même s'il pratique, il est vrai, un tourisme un peu particulier !

Kolms fait preuve de patience envers son ami mais finit par diriger la conversation sur Lucienne Chassagnes, pour le cas improbable où le légiste aurait quelque information intéressante à nous fournir.

« Eh bien, voyez-vous, philosophe le légiste, dans ma profession, on voit parfois des cadavres inintéressants du point de vue du criminologue mais intéressants du point de vue médical. Par exemple, pour Alexandre Chassagnes, l'autopsie a montré qu'il s'agissait d'un simple suicide. Rien de bien croustillant. Mais par ailleurs, il avait des taches noires sur le bas du visage, signe qu'il était atteint d'alcaptonurie, une maladie génétique rare que je n'avais jamais eue l'occasion d'observer auparavant !

— Il se pourrait, répond Whyson, qu'il en aille de même avec son épouse, Lucienne : à mon avis, rien ne dit que son agression soit à placer dans les annales de la criminologie, alors que son amnésie en fait, pour moi, un cas très passionnant à suivre !

— Whyson, dit Kolms d'une voix sonore tout en se dirigeant vers la sortie d'un pas ferme, vous pouvez rester ici si cela vous chante ; pour ma part, je poursuis l'enquête. »

Whyson prend un air désolé mais nous rejoint.

QUESTIONS

1) Qui a agressé Lucienne Chassagnes avec un couteau ? (10 + 10 points)

2) Quelle était la raison de cet acte ? (10 points)

3) Quel détail prouve son lien avec Alexandre Chassagne ? (10 points)

4) Comment le/la coupable a pu retrouver Lucienne Chassagnes ? (20 points)

21
SOLUTION

« Charles Kolms a le sens de la mise en scène ! dis-je à Larsen. Il a fait savoir à tous les journaux qu'il donnerait l'identité du coupable... demain matin !

— Tiens donc.

— Mais une chose m'inquiète : Kolms m'a longuement regardé écrire dans mon carnet puis donner mes feuillets au coursier censé les apporter à mon journal. Il a alors fermé les yeux et posé un doigt sur son front. Plus tard, alors qu'il me croyait déjà parti, je l'ai entendu affirmer à Bichon que puisqu'il est question de rubis dans cette affaire, il faut s'attendre à ce que Larsen Hupin intervienne tôt ou tard. Et il se fait fort, non seulement d'arrêter l'agresseur de Mme Chassagnes, mais aussi de récupérer les deux pierres et de vous capturer ! Je crois qu'il a compris notre manège.

— Allons bon, ne vous mettez pas dans cet état, cher ami. D'ailleurs, ce qu'il compte dire demain, je peux vous le dire aujourd'hui si vous le désirez.

— Vraiment, patron ? demande Grogneur.

— Reprenons dans l'ordre. Que savons-nous ? Un, que l'endroit où Lucienne a été agressée n'est pas un lieu réputé pour sa dangerosité. Deux, qu'on a d'abord cherché à la tuer avant de lui prendre son sac. Cela rend peu vraisemblable l'hypothèse d'une attaque par un inconnu dont le but aurait été le vol.

— Mais patron, s'il s'agit de quelqu'un qui voulait

la mort de Lucienne, comment cette personne a pu la retrouver ?

— Patience, j'y viendrai. Trois, qu'une femme a été aperçue non loin du lieu de l'agression, tenant deux sacs à main.

— Et alors ? C'est certes inhabituel mais ce n'est pas une preuve que...

— Qui parle de preuve ? Il s'agit juste d'émettre une hypothèse et de voir où elle nous mène. Imaginons que dans le premier sac, il y ait un couteau de cuisine, et que dans le second, le petit sac rouge, il y ait les rubis de Mme Chassagnes...

— Selon vous, le coupable est donc une femme ?

— Admettons cela. Dans ce cas, quelles seraient nos suspectes ? Qui pourrait avoir pour objectif premier de tuer Lucienne ? L'épouse du vicomte de Lignac peut-être...

— Elle a le couteau qu'il faut, en tout cas, fais-je remarquer.

— Oui, mais ce n'est pas elle. Le but de la vicomtesse est de récupérer les rubis, et si elle savait où se trouvait Lucienne, il lui suffisait de la faire arrêter.

— Alors qui, patron ? demande Grogneur, impatient.

— Quelqu'un qui avait un motif bien plus profond que le vol des rubis. Quelqu'un qui lui en voulait d'avoir provoqué la mort d'Alexandre Chassagnes...

— Sa mère ? Il me semble qu'il était orphelin.

— Sa sœur, Grogneur. Sa sœur, Augustine Chassagnes ! Evidemment, inutile de la chercher dans l'annuaire : pour accomplir sa vengeance, elle a nécessairement changé d'identité lorsqu'elle est revenue en France. Mais un détail permet de la retrouver... Une maladie. Une maladie héréditaire. Une maladie qui colorait la peau de son frère en noir, et qui colore aussi la sienne... Eh oui, Denise Pelletier est Augustine Chassagnes !

— Mais c'est l'infirmière de Lucienne !

— Justement. Tout concorde. Comment est-elle devenue son infirmière ? Sur la recommandation de l'*Agence Bourin*. Une agence où travaille Agnan Lafaille, dont elle est devenue la maîtresse parce qu'elle savait que Fargeot l'avait engagé pour retrouver Lucienne. Agnan est d'un naturel bavard, il aime raconter sa journée de travail... Ce qui, pour un détective, n'est pas très professionnel ! Et c'est ainsi qu'Augustine apprend que tous les matins, Lucienne se rend dans une partie peu fréquentée d'un jardin public... On connaît la suite.

— Mais dans ce cas, pourquoi prend-elle soin de Lucienne, à présent ?

— Oh, elle a toujours l'intention de la tuer. Mais pour que sa vengeance ait un sens, il faut que Lucienne se souvienne, qu'elle sache pourquoi on l'assassine ! Je ne doute pas que lorsqu'elle sera seule avec la patiente, Augustine abandonnera son habit d'infirmière pour revêtir la robe noire qu'elle porte sans doute depuis qu'elle est en deuil de son frère. Une robe qu'elle portait le matin de l'agression manquée et dont elle espère faire ressurgir le souvenir. »

Grogneur avale en une seule fois le verre de whisky que lui tend Larsen.

« Pas d'inquiétude, Grogneur. L'hypnotiste travaille pour moi et veillera à ne jamais laisser ces deux-là toutes seules ensemble.

« Mais... et les rubis dans tout ça ?

— Lucienne n'a pas cherché à les revendre. Un examen méticuleux de sa maison, mené par Bourin et Lafaille, nous apprend qu'elle ne les a pas non plus cachés là. On peut en déduire qu'elle les gardait toujours avec elle : dans le sac rouge qui fut volé par Augustine, ou Denise si vous préférez. J'irai donc tout à l'heure visiter l'appartement de l'infirmière... »

Je demande à Larsen si ça n'est pas dangereux.

« Un peu, oui. Car ce n'est pas pour maintenir le suspense que Charles Kolms a annoncé qu'il donnerait la solution seulement demain, c'est pour me prendre en flagrant délit ! D'après mes hommes, le Dr Whyson et lui sont d'ors et déjà en train de s'installer chez Denise Pelletier, armés de deux pistolets chacun.

— Et vous irez quand même ?

— Bien sûr. Nos deux aventuriers viennent de recevoir une excellente bouteille de leur boisson préférée, soi-disant offerte par M. Fargeot. Ce qu'ils ignorent, c'est qu'elle contient un sédatif qui les tiendra endormis toute la nuit. Et si cette ruse ne suffisait pas, j'ai des fumigènes et des complices pour m'épauler.

— Un à zéro pour Larsen Hupin, alors ?

— Tout de même pas, soyons justes. Ce Charles Kolms est à la hauteur de sa réputation et il a résolu

l'affaire plusieurs heures avant moi. Disons... un partout. Il a seulement eu tort de vouloir m'ajouter à ses
trophées. On n'enferme pas Larsen Hupin, ou alors, si
on l'enferme...

— Oui ?

— Si on l'enferme, c'est qu'il l'a voulu ! »

REPONSES

1) Qui a agressé Lucienne Chassagnes avec un couteau ? (10 + 10 points)

Il s'agit de Denise Pelletier, l'infirmière. Sa véritable identité : Augustine Chassagnes.

2) Quelle était la raison de cet acte ? (10 points)

Elle voulait venger la mort de son frère. Le vol des rubis n'est que secondaire.

3) Quel détail prouve son lien avec Alexandre Chassagne ? (10 points)

Augustine Chassagnes est atteinte de la même maladie génétique que son frère, ce qui se voit aux traces noires qu'elle laisse sur leur peau.

4) Comment le/la coupable a pu retrouver Lucienne Chassagnes ? (20 points)

Denise avait une liaison avec le détective Agnan Lafaille, qui parlait trop...

SCORE (à ne pas prendre trop au sérieux !)

- 0 point : Bichon vous paraît brillant...
- entre 10 et 20 : sans doute utile dans la bande de Scooby -Doo, mais ici...
- entre 30 et 40: important pour l'enquête, capitaine Hastings !
- 50 points : vous pouvez travailler à l'*Agence Banette et cie*. Le « *et cie* », c'est vous.
- 60 points : vous êtes un futur Larsen Hupin !

Remerciements

Un grand merci à mes testeurs : Céline et Sandrine Tran, Anaïs Tallon et Annie Person.

Un merci spécial à Cyellen pour la très belle couverture !

Prochain tome : *Larsen Hupin et la dame en rouge.*